# LETTRE

## A MADEMOISELLE

# CLERON,

### SUR LA

# TRAGEDIE

## D'ARISTOMENE.

# LETTRE

## A MADEMOISELLE

## CLERON,

## SUR LA TRAGEDIE

## D'ARISTOMENE.

JE ne suis ni un *Aristipe*, ni un *Diogene*, mais je suis quelquefois un *Aristarque* : tout ne me plaît point : la décision tumultueuse du Parterre ne fait pas pour moi une loi, à laquelle ma raison se soumette sans examen : je me laisse agréablement entraîner par le beau : j'écoute le médiocre, mais je déteste hautement le mauvais : aussi renonçant à mes droits, ai-je l'attention d'acheter celui de dire avec liberté mon sentiment sur les beautés, ou les défauts d'un ouvrage : j'ose me vanter de l'impartialité ; elle fut toujours la bafe & l'objet de ma critique. Mon parallele des deux *Semiramis*, que le Public a reçu avec quelque bonté, en eſt une preuve inconteſtable ; auſſi publiai-je avec plaiſir, que les Critiques du ſiécle, vrais Martyrs de l'antiquité, puiſque malgré les impreſſions agréables que leur cœur pourroit recevoir, & auſquelles, s'ils veulent l'avoüer, ils ne peüvent quelquefois ſe refuſer, ont beau murmurer contre la dépravation du goût du ſiécle. La Tragédie d'*Ariſtomene* eſt frappée au coin d'une ſupériorité qui doit émouſſer, ou pour mieux dire, briſer les traits les plus aigus de la critique la plus déterminée : ils ont beau ſe plaindre de ce que *Cinna* conſpire ſeul, & de ce qu'au contraire *Denys-le-Tyran* a un nombre infini de témoins de ſa cruauté ; le triomphe d'*Ariſtomene* va faire frémir l'envie, & taire le dépit de quelques inſectes du Parnaſſe, qui, obſtinés à ne rendre jamais juſtice à la ſupériorité du talent, ne ſont occupés que du déteſtable ſoin de déchirer le mérite de ceux, qui piqués comme notre nouvel Auteur d'une noble émulation, conſacrent leurs veilles à l'amuſement du Public.

Je vous avoüe, Mademoiſelle, que j'ai été ſurpris de l'ordonnance réguliere de la

Tragédie, qui fait aujourd'hui l'admiration de tous les vrais connoisseurs: j'ai été aussi enchanté de l'aménité de la versification, de la sublimité des pensées, enrichies & parées d'expressions nobles & nerveuses.

Comme je n'ai encore été qu'une fois le témoin des applaudissemens & du suffrage que le Public ne pouvoit refuser à un Poëme si bien conçu, si judicieusement ordonné & si parfaitement executé, mes observations, que je vous prie de communiquer à l'Auteur, se réduiront à peu de chose, me réservant d'en faire une critique plus détaillée & plus circonstanciée, dont votre nom ornera le frontispice. Les progrès rapides, Mademoiselle, que vous avez faits sur la Scene, & l'estime particuliere dont vous payez le sincere attachement, que l'Auteur a pour vous, m'autorisent à prendre cette liberté.

Le premier acte de la Piéce n'est point aussi lent & aussi froid, qu'ont voulu l'insinuer quelques envieux de l'Auteur. J'ai crû, il est vrai, entrevoir quelque chose de louche dans l'exposition; & quoique l'histoire d'*Aristomene* ne soit pas absolument connue, je crois qu'on auroit pu se dispenser de faire un anacronisme. Le *Cléonis*, dont l'Auteur a pris le nom & le

A iij

caractere dans M. *Rollin*, étoit à la vérité ;
Rival d'*Aristomene I*, & l'*Aristomene* qui
paroît aujourd'hui sur la Scene Françoise,
est *Aristomene II*, qui voyant sa Patrie dans
les fers des Spartiates, entreprit de secouer le
joug, & de recouvrer la liberté de ses Con-
citoyens. Ainsi on pouvoit choisir un autre
nom, en conservant toujours le caractere ;
& ce déguisement auroit masqué cette er-
reur chronologique.

J'ai aussi trouvé dans *Arcire*, confident
& ami sincere d'Aristomene, trop d'ingé-
nuité vis-à-vis de *Cléonis* ; il falloit que
sa confidence coutât plus de peine & de
soin au dernier, dont le caractere est parfaitement soutenu. J'ai vû avec déplaisir
*Aristomene*, lorsqu'apprenant par la lettre
que *Cléonis* lui remet, que *Léonide*, son
épouse, & *Leuxis*, son fils, sont au pouvoir
des Spartiates, & que leur salut dépend de
son obéissance ; j'ai été mortifié, dis-je,
que sourd à la voix de la nature, il se dé-
termine à voir couler ce sang précieux,
plutôt que de renoncer à la délivrance de
*Messine* : j'aurois donc voulu, que balancé
par l'horreur de la servitude, par l'amour
de la République, par la tendresse de son
épouse & de son fils, il nous eût plus vivement attaché à sa situation.

Le second Acte ne me paroît pas affez intéreffant, on pourroit même dire qu'il eft inutile ; mais quoique peu adhérant au refte de l'ouvrage, l'efprit qui y domine, & plufieurs penfées de M. *la Rochefoucault*, que l'Auteur a fçu ( pour ainfi dire ) dénaturer, & embellir d'expreffions choifies, le rendent fupportable, & font attendre, quoiqu'avec un peu d'impatience, le troifiéme.

Celui-ci commence, & établit en quelque façon l'interèt de la Piéce : on y apprend le fort de *Léonide*, qui ayant trahi l'amour de la Patrie, eft criminelle envers elle, & va fubir fon jugement. Le Sénat qui en partie eft compofé de Sénateurs envieux de la gloire d'*Ariftomene*, faifit cette occafion de le frapper, quoiqu'indirectement d'un coup, auquel il ne pourroit réfifter, s'il étoit moins entoufiafmé de l'amour de la Patrie : ce Sénat qui s'affemble, fait venir *Leuxis*. Cet interrogatoire eft affez adroit, & répond parfaitement au caractere de *Cléonis*, fourbe, qui fçait mettre à profit les moindres circonftances. Cependant le jeune Prince lui répond avec beaucoup de fageffe & avec affez de vivacité, pour le faire rougir. Il eft renvoyé. *Léonide* eft appellée ; celle - ci moins allarmée, que fiere & haute, fait baiſſer les yeux à *Cléonis*, & à tous les aſſociés de ſes horribles deſſeins, & ferme cette Scene par les deux Vers que vous dites.

Je ſuis juſtifiée aux yeux d'Ariſtomene :
Il m'aime, il vous connoît : tremblez. Qu'on me
     ramene.

Juſques-là le Sénat occupe le ſpectateur ; mais les longues diſcuſſions qui naiſſent enſuite, reſſemblent plutôt à des theſes de droit, qu'à un Sénat qui doit décider promptement, de peur que le tems qu'il emploit en vaines diſputes, ne ſoit plus fructueuſement employé par *Léonide* & par *Ariſtomene*, qui, ſelon moi, vient fort mal-à propos y paroître, ainſi que l'Ambaſſadeur de Sparte, qui a ramené *Léonide*. Enfin, après des longs débats, *Léonide* & *Leuxis* ſon fils, ſont condamnés à mort ; & cet Acte qui devroit finir, eſt encore ſuſpendu par un Dialogue entre *Cléonis* & ſon confident. Il n'y a pas de doute, qu'au lieu de nous dépeindre le caractere du peuple, ils devroient l'un & l'autre vuider la Scene, parce qu'ils ne ſervent qu'à retarder le quatriéme, que j'ai en effet admiré comme un chef-d'œuvre de l'art.

Le Monologue d'Ariftomene qui ouvre le quatriéme Acte, m'a paru un peu froid. Il vient d'apprendre la condamnation de fa famille, & la nature chez lui ne s'abandonne point affez aux tranfports des deux paffions qui devroient l'agiter : il ne fe conduit point en Héros jaloux des droits, que fes actions éclatantes lui ont acquis, mais en véritable Philofophe : l'Auteur, fans doute, n'a fufpendu dans cette Scene tous les mouvemens de fon cœur, que pour l'abandonner enfuite avec plus de vivacité, à l'alternative violente qu'on vient lui propofer de la part du Sénat. Il faut qu'il choififfe de la mort de *Léonide*, ou de *Leuxis*. Cette fituation eft belle & frappante, & auroit tout le mérite de l'originalité fur la Scene Françoife, fi elle n'étoit connue dans *Metaftafio*, qui l'a employée dans fa *Zénobie* avec beaucoup d'adreffe, & dont le fuccès a été beaucoup plus éclatant, parce qu'elle étoit fans doute plus heureufement motivée. La difpute de générofité de *Léonide* & de *Leuxis* m'a paru un peu prolixe ; fa lóngueur accoutume le cœur à cette affligeante fituation, & affoupit l'efprit fur la fin du Dialogue. Cependant il faut en convenir, la fituation eft unique, & c'eft peut-être de toutes celles qu'on a vûes jufqu'ici, celle

qui eſt la plus propre à remuer le ſpectateur : mais Ariſtomene en diminue la vé-
hémence par ſes réfléxions glacées.

Ariſtomene s'étant enfin déterminé, &
cédant aux inſtances irréſiſtibles d'*Alcire*,
ſe préſente à l'armée, qui eſt ſous les mu-
railles de *Meſſene*. Sa préſence ranime le
Soldat : prêt à ſacrifier ſa vie aux intérêts
d'Ariſtomene, il n'attend que ſes ordres,
pour mettre tout à feu & à ſang ; mais
notre Héros ſaiſi d'un nouveau tranſport
de l'amour pour la patrie, prend ſon fils
en préſence de l'armée, leve le poignard
ſur lui ; & guidé par un zéle mal-entendu,
veut être le meurtrier de ſon fils ; mais
l'armée plus attentive que lui à la voix de
la nature, l'arrache à ſa fureur ; quelques-
uns ont voulu ſoutenir, que c'étoit-là le
trait le plus fort du génie : pour moi qui
avoue avec franchiſe que je ne ſens pas
tout, & que je ne connois pas toujours
toutes les beautés, je n'ai point été ſenſi-
ble à l'excellence de celle-ci : d'ailleurs,
je lui trouve un ſoupçon de reſſemblance
avec Mahomet ſecond, lorſque cédant à
l'amour de la gloire, il trempe ſes mains
dans le ſang de ſa chere *Iréne* à la tête de ſon
armée.

Il me ſemble avoir apperçu un défaut

d'ordonnance, ou pour parler avec moins d'aprêté, une efpéce de négligence dans cette partie du Poëme. Les foldats arrachent *Leuxis* à la fureur de fon pere ; & cependant il paroît dans les avis perfides que Cléonis vient donner à *Ariftomene*, qu'il eft dans les fers du Sénat. Peut-être quelque vers m'a-t-il échapé. Autrement, je ne fçaurois comprendre la poffibilité de cet événement.

Le cinquiéme couronne l'ouvrage, en le finiffant. *Arcire* qui voit qu'une amitié parlante, ne fuffit pas pour délivrer le jeune Prince du danger preffant qui menace fa vie ; irrité de la cruelle irréfolution d'*Ariftomene*, vuide la fcéne, & revient enfuite nous annoncer les heureux effets d'une amitié, qui fait fuccéder l'action à la parole. Il a poignardé *Cléonis* & fon Confident. Ce coup hardi deffille les yeux du Sénat, déja intimidé ; *Arcire* lui fait voir comment ébloui par la politique infâme du traître, qui venoit de recevoir le prix de fa duplicité, il alloit tremper fes mains, & fe rendre refponfable du fang le plus pur qui fût dans *Meffene*. On convainct aifément des Sénateurs, lorfque les premiers traits d'éloquence font auffi frapans, que les deux dont *Arcire* vient de fe fervir. Cet événement remet le calme, & porte la joye dans *Meſſene*. Ariſtomene eſt enfin proclamé le libérateur & le pere de la patrie ; un changement ſi inattendu le ſurprend ; mais malgré ſon étonnement, ſon cœur formé à la reconnoiſſance, a de la mémoire ; il ſe rappelle que ce n'eſt qu'à l'amitié agiſſante d'*Arcire*, qu'il eſt redevable du changement de ſon ſort ; il lui propoſe de partager ſa fortune avec lui, & la Piéce finit.

Ne ſçachant pourquoi je n'ai point été intéreſſé à la généroſité d'*Arcire*, j'en demandai la raiſon à un homme auſſi éclairé qu'impartial ; il me répondit froidement, *que ce n'étoit que parce que l'intérêt que l'on prenoit à Ariſtomene n'étoit pas aſſez bien fondé, que toutes les démarches de ce généreux ami pour le ſalut de cette famille infortunée devenoient indifférentes au Spectateur ; attendu qu'il n'étoit malheureux que parce qu'il vouloit bien l'être, & que cette indifférence étoit priſe dans la nature, qui ne nous fait point une loi de nous attendrir ſur les malheurs de ceux, qui ſont eux-mêmes avec connoiſſance de cauſe, les Artiſans de leur infortune. Ariſtomene n'eſt-il pas Maître*, continua-t-il, *de ſauver ſon épouſe & ſon fils ? Le Sénat ne rémet-il pas dans ſes mains la vie de ces deux perſonnes, qu'il dit lui être ſi cheres ? Pourquoi* donc n'accepte-t-il point cette offre ? (Quel peut-être le motif passablement raisonnable d'un semblable refus ?

Vous devez encore moins vous être intéressé au sort de Léonide ; sa conduite est non-seulement indécente, mais hazardée : Quoi ! elle profite de l'absence de son époux, afin, en se donnant pour ôtage, de le forcer à rentrer dans les fers ? Une démarche aussi imprudente méritoit le courroux irrévocable d'Aristomene, & je ne doute point que si aujourd'hui, nos mœurs n'étant pas plus épurées que celles des Messeniens, une femme s'abandonnoit aux transports d'un zéle si indécent, elle ne fût juridiquement punie. D'ailleurs, continua-t'il, en vérité ne trouvez pas qu'Aristomene est trop chrétien.

Je vous avoue, qu'ayant été admirateur sincere de ce Poëme, mon amour-propre fut vivement affligé de cette réponse ; mais enfin revenu à moi - même, je me livrai tout entier aux réfléxions que je venois d'entendre, pour en démêler le faux ou le vrai ; mais je ne pus y parvenir. Je projettai donc de suivre assiduement les répréfentations, pour me mettre en état de détruire, ou d'établir solidement des remarques, qui me paroissoient un peu trop sévéres.

J'ai remarqué dans le cours de la Piéce

quelques penſées, qui ont été applaudies, & qui portées au tribunal d'un Jugement ſain, doivent être regardées comme fauſſes ; entr'autres ces deux qui ſont renfermées dans les deux Vers ſuivans, & qui ſont tellement en oppoſition, qu'elle s'entredétruiſent. *Arcire* dit à *Ariſtomene* :

La pitié pour le crime eſt un crime elle-même.

Si cette maxime eſt vraye, il faut néceſſairement que celle qui ſuit, ſoit fauſſe. *Léonide* dit à *Ariſtomene* :

Tu plains les Criminels, & ne hais que le crime.

L'Auteur que je prends pour Juge, aura la bonté de décider : cependant le Public a également applaudi l'un & l'autre, ce qui prouve que les applaudiſſemens ſont auſſi dangéreux pour un commençant, que les critiques ſont ſalutaires. La fumée de l'encens peut obſcurcir ſes lumieres, & l'aſſoupir ſur ſes négligences & ſur ſes défauts. Vous, *Mademoiſelle*, qui chériſſez ſa gloire autant qu'il admire votre talent, repréſentez-lui ſans ceſſe que le Public eſt un ennemi, qui à la vérité quelquefois par indulgence à la critique, ſans renoncer cependant aux droits qui lui font acquis ; & qu'un Auteur doit, ainfi qu'un Général qui fe trouve dans un Pays nouvellement conquis, fe tenir fur fes gardes : quiconque s'endort fur fa victoire, touche au moment de fa défaite. J'ai l'honneur d'être avec les fentimens les plus diftingués,

## MADEMOISELLE,

Votre très-humble & très-affectionné Serviteur ...

---

Lû & approuvé, ce 5 Mai 1749. *Crébillon.*

*Vû l'Approbation, permis d'imprimer, à la charge d'enrégiftrement à la Chambre Syndicale, ce 6 Mai 1749.* Signé, *BERRYER.*

---

Regiftrée fur le Livre de la Communauté des Libraires & Imprimeurs de Paris, N°. 3316. conformément aux Réglemens, & notamment à l'Arrêt du Confeil du 10 Juillet 1745. A Paris, le 9 Mai 1749. *Signé,* G. CAVELIER, Syndic.